I0551471

LA MÉTHODE

GRECQUE

M. BURNOUF

DEVANT LE NOUVEAU RÈGLEMENT

L'ADOPTION DES LIVRES CLASSIQUES

PAR FR. DÜBNER

A PARIS

CHEZ JACQUES LECOFFRE ET Cie, LIBRAIRES

RUE DU VIEUX-COLOMBIER, 29

LA MÉTHODE

GRECQUE

DE M. BURNOUF

DEVANT LE NOUVEAU RÈGLEMENT

POUR L'ADOPTION DES LIVRES CLASSIQUES

PAR

FR. DÜBNER

PARIS

JACQUES LECOFFRE ET Cᵉ, LIBRAIRES-ÉDITEURS,

RUE DU VIEUX-COLOMBIER, 29.

1856

(C.)

LA MÉTHODE GRECQUE

DE M. BURNOUF

DEVANT LE NOUVEAU RÈGLEMENT POUR L'ADOPTION DES LIVRES CLASSIQUES.

Le grec et le latin doivent-ils être étudiés par les jeunes gens destinés aux carrières libérales, ou suffit-il aujourd'hui de consacrer à ces deux langues mortes un simple chapitre du cours de l'histoire ancienne? Sur cette question les opinions peuvent se partager ; mais, du moment que le premier parti aura été adopté, tout le monde tombera d'accord sur les résultats à poursuivre comme conséquences de cette décision. Une connaissance *réelle* des deux idiomes, sources du nôtre, et un ensemble d'exercices assez bien dirigés pour conduire au point de comprendre et de lire *avec facilité* les auteurs grecs et latins : telles sont les conditions indispensables, si l'on veut atteindre complétement le but que l'autorité supérieure s'est proposé en prescrivant cet enseignement. Le plan d'études de l'Université impériale a, sous ce rapport, réalisé un véritable progrès, principalement par la forte organisation de la Division de grammaire : on ne saurait assez applaudir à ce programme heureusement résumé en deux mots : *simplifier* les méthodes et *fortifier* les études. Mais plusieurs livres de classes encore maintenus ou récemment adoptés (1) par le Conseil impérial de l'instruction publique ne vont-ils pas directement à l'encontre du but de ce programme ? Nous n'en examinerons ici qu'un seul.

« *Nul ouvrage désormais ne sera présenté à l'approbation du Conseil impérial qu'après avoir été expérimenté pendant un délai plus ou moins long.* » (Journal officiel de l'Instruction publique, du 29 décembre 1855.) Tel est le résumé le plus succinct du nouveau règlement. Personne ne contestera l'excellence du principe qui en forme la base : la certitude de l'expérience. Cette expérience, cependant, doit être faite par quelqu'un. Or, chacun le sait, un professeur habile et zélé obtient de bons résultats malgré la médiocrité des livres qu'il est tenu d'employer ; tandis qu'un professeur inhabile ou esclave de la routine rendra stérile le meilleur ouvrage d'enseignement. C'est pourquoi on aurait peut-être désiré qu'à côté du principe fût inscrit dans l'arrêté du 24 décembre la *conditio sine qua non* d'une expérience

---

(1) Nos *Commentaires critiques* sur les textes officiels de Lucien et d'Ovide n'ont été infirmés en rien. Nous ne craignons pas même le reproche d'exagération, après ce que la critique a signalé d'imperfections dans une partie du texte *français*, prescrit à la même date et examiné par un juge des plus compétents dans la *Revue de l'Instruction publique* du 19 juin dernier.

véritable et concluante. Selon la *lettre* du règlement, celui qui ordonne qu'un livre soit expérimenté est entièrement maître du résultat : car tout dépend de la personne ou des personnes désignées pour faire l'expérience. Nous sommes convaincus que les plus aptes seront toujours choisies de préférence, mais quelques mots à ce sujet n'eussent pas manqué de produire un salutaire effet sur les hommes méritants qui consacrent leurs veilles à la composition des ouvrages d'enseignement, et sans doute aussi sur les pères de famille.

Il est encore d'autres observations de principe et de pratique que suggère le nouveau mode d'approbation des livres de classe : nous les laisserons de côté pour nous placer sur le terrain des *faits*, en parlant d'un livre connu de tout le monde et des résultats définitifs de l'expérience qui s'en est faite, non pas dans quelques lycées et depuis quelques années, mais dans l'Université entière et depuis quarante ans.

Soumettons la Méthode grecque de M. Burnouf au règlement qui nous régit aujourd'hui, rayons du titre les mots *édition cinquante-troisième*, et supposons qu'elle soit envoyée comme neuve à un professeur de Lycée chargé de l'essayer dans sa classe. Ce que le Conseil impérial de l'instruction publique ne fera qu'*après* l'expérience du professeur, *après* « le rapport détaillé du chef de l'établissement » et *après* « l'avis du recteur joint à ce rapport, » le professeur est obligé de le faire *avant* son expérience. Pour se mettre en état d'enseigner d'après le nouveau livre, il lui faut tout d'abord le lire afin de s'y orienter ; ensuite il en étudiera la disposition et l'esprit ; éclairé sur ces deux points, il examinera le parti qu'il pourra en tirer, et il déterminera enfin la manière de l'appliquer pour le plus grand avantage de ses élèves. Suivons notre professeur, homme zélé, intelligent et sachant bien le grec, dans cet examen préalable de la Méthode-Burnouf.

En abordant la première partie qui traite des diverses espèces de mots et de leurs flexions, il se rappelle les difficultés qu'il a eues à combattre pour enseigner et faire retenir fidèlement cette grande quantité de formes que la langue grecque déploie. Deux priviléges de cette belle langue, une riche harmonie pour l'oreille, et l'abondance des flexions propres à faire poursuivre la pensée jusque dans ses mouvements les plus délicats, font le désespoir du maître appelé à enseigner les éléments. Le cadre des formes *caractéristiques* du nom et du verbe est beaucoup plus étendu en grec qu'en français et en latin : cela seul cependant ne créerait pas des difficultés sérieuses pour les élèves déjà exercés par un double enseignement grammatical. Ce qui complique l'étude, c'est qu'en suivant ces formes caractéristiques si nombreuses, *presque à chaque pas* surgissent des modifications du principe en vertu d'une loi impérieuse en grec, celle de l'*euphonie*. Bien que ces modifications soient en elles-mêmes assez régulières, elles obéissent à des règles d'un tout autre ordre que celles qui ont déterminé les formes normales de la déclinaison et de la conjugaison : de là une sorte de conflit et de compromis perpétuel entre les deux lois dans cette partie de la grammaire grecque ; de là des difficultés et des embarras qui mettent à l'épreuve les maîtres aussi bien que les élèves. Cette voie hérissée d'obstacles peut cependant être considérablement aplanie, si le professeur sait répandre une vive lumière sur les principes les plus féconds, ceux qui dominent des groupes de formes très-nombreux, et rendre ces principes familiers aux commençants par des explications parfaitement lucides et par des analogies tirées de notre langue : dès lors, bien compris et

toujours présents à l'esprit des élèves, ces principes les gui-
deront sûrement à travers le dédale des formes, et appelleront
sans cesse l'entendement à l'aide de la mémoire.

En faisant ces réflexions, le professeur a feuilleté une cen-
taine de pages de la Méthode-Burnouf, et il lui semble que
plusieurs principes importants n'ont point passé sous ses
yeux. Il relit plus attentivement. En effet, dès la page 18, il
reconnaît une lacune des plus préjudiciables à l'enseignement. Qui n'a point éprouvé les peines que coûte aux
élèves l'étude de la troisième déclinaison avec ses *trente-
quatre* désinences du nominatif singulier? Quoi de plus dé-
cevant que la surprise causée par la présence inexpliquée, au
génitif, de consonnes ou de voyelles, que le nominatif ne
faisait point soupçonner? Dans λέων ne se trouve ni l'ο ni le τ
de λέοντος; dans γίγας le ς tient lieu du ντ de γίγαντος, et
ainsi de la plupart des autres noms. Cependant, à partir du
génitif, la déclinaison se poursuit sans irrégularité ou à peu
près : le nominatif singulier seul offre le plus souvent une
forme à part et différente des onze autres cas. Que con-
vient-il de faire dans cette circonstance? Évidemment, on
prendra pour base la régularité des onze cas, et on expli-
quera pourquoi, dans certaines conditions, le premier de
tous éprouve un changement qui le rend irrégulier. Cette
explication fera connaître à l'élève le principe d'euphonie *le
plus général* qui règne dans la langue grecque :

> *Tout mot grec doit être terminé soit par une
> voyelle (ou une diphthongue) soit par l'une des
> trois consonnes :* ν, ρ, σ.

Donc, tous les radicaux qui finissent par une autre consonne que ν, ρ, σ doivent subir un changement. Voilà pourquoi le nominatif d'une déclinaison qui n'a pas, comme la première et la seconde, des désinences déterminées pour ce cas, est exposé aux modifications du radical : cette cause cessant au génitif et aux autres cas à terminaisons fixes, le radical y reparaît dans sa pureté; et c'est à ce radical que le maître doit rattacher ses explications. En effet, quelques principes très-simples, très-accessibles à l'intelligence des commençants et dont l'application peut être facilitée par de courts exercices préliminaires, suffisent pour indiquer et graver dans l'esprit l'ordre, la suite et la régularité du mouvement organique de cette multitude de formes que produit la troisième déclinaison : si, au contraire, les principes demeurent cachés aux élèves , ce nombre considérable de faits sans cause connue ne se présentent plus qu'avec le vague de l'arbitraire ou du hasard, et la mémoire seule doit supporter tout le fardeau de notions qui offrent une série presque continuelle d'anomalies.

La Méthode-Burnouf entre en plein dans cette dernière voie : les §§ 19-29, consacrés à la troisième déclinaison, ne mentionnent pas *un seul* des principes si nets qui en expliquent tout le mécanisme. Partout le nominatif en tête, avec cet avertissement (§ 19, Remarq. 2) : « *Pour décliner un nom, il faut en connaître le génitif.* » Où la Méthode-Burnouf le fait-elle connaître, du moins en principe ? C'est pourtant ce qu'on cherche à apprendre dans une grammaire, la flexion des mots. La Méthode y revient au Supplément; mais comment y revient-elle? On lit, § 180 : « Nous avons dit que, « pour décliner les noms imparisyllabiques, il fallait en con « naître le génitif. *Ce cas est indiqué dans les diction* « *naires.* » Plusieurs temps des verbes sont indiqués également dans les dictionnaires : cela dispense-t-il le grammairien d'en enseigner la théorie? « *La seule difficulté est donc* « *de remonter au nominatif, quand on ne connaît que le* « *génitif ou un autre cas.* » Cette *seule difficulté* n'existerait pas si dès le commencement on avait fait connaître le vrai mécanisme de cette déclinaison et les radicaux sujets à un changement forcé au nominatif. Malgré le dictionnaire appelé au secours, l'omission se fait vivement sentir, et la Méthode cherche à la réparer par une série de huit règles, règles purement mécaniques, insuffisantes en ce qu'elles ne font pas ressortir le rôle prépondérant du σ, et venant trop tard pour être d'aucune utilité. Le même § 180 se termine par les deux *remarques* que voici :

« 1· Le *radical* d'un mot se trouve donc dans le « génitif, en retranchant la désinence ος ;

« 2° Le nominatif n'est donc point la *forme primitive* du nom. Ce cas est modifié, comme tout « autre (1), d'après des règles qu'il est aisé de déduire des exemples précédents. »

Voilà donc enfin le principe dominant de la troisième déclinaison, mais à quelle distance de sa place utile ! mentionné, presqu'à titre de curiosité, et comme une chose que les élèves auront pu remarquer dans les exemples précédents. Est-il d'une bonne méthode de taire le principe pour en énumérer seulement les conséquences? de mettre dès l'abord les commençants en butte à des difficultés et à des anomalies de toute

(1) Ces mots, *comme tout autre*, renferment une erreur des plus graves.

1.

sorte (1), et de réserver *pour la fin* cette déclaration : « Vous voyez par-là que le nominatif auquel se rattachaient nos règles ne présente point le radical des noms, et qu'il faut chercher dans les autres cas la forme primitive, souvent déguisée au nominatif. » N'est-il pas évident qu'un principe aussi fondamental et aussi fécond doit être *utilisé* dès le début? Le laisser trouver aux élèves en les engageant dans un laborieux dédale, équivaut, en grammaire, à la méthode d'un maître d'arithmétique qui jetterait l'enfant brusquement en pleines opérations de calcul, se réservant de lui dire plus tard : « Tu vois par là que 3 fois 3 font 9, mais que 3 fois 5 font 15, » ou autres choses semblables qui, *connues d'avance*, auraient épargné à l'enfant beaucoup de peines, d'ennui et d'embarras.

Un principe analogue, principe qui exerce la plus grande influence sur la conjugaison d'une partie des verbes grecs, est entièrement passé sous silence dans la Méthode-Burnouf. C'est le renforcement habituel de la forme du présent dans les radicaux monosyllabiques et à voyelle brève. Cette omission est capitale, en ce qu'elle rend *impossible* toute explication satisfaisante des *temps seconds*, particularité caractéristique de la conjugaison grecque et qui a *sa raison d'être*

---

(1) Nous lisons dans le numéro d'aujourd'hui, 26 juillet, du *Bulletin* officiel *de l'Instruction primaire*, p. 108 : « Il est un « principe fondamental de tout enseignement, celui de commencer « par ce qu'il y a de plus simple, et de *donner des règles géné-* « *rales avant d'embarrasser les élèves des difficultés.* Comment « veut-on faciliter leurs progrès, quand on commence par ce qu'il « y a de plus difficile pour eux? Comment espère-t-on leur faire « prendre du goût pour l'instruction, lorsque, dès l'abord, on la « leur présente sous un côté aussi rebutant? »

dans le renforcement de la forme du présent, dont M. Burnouf ne parle nulle part. La Méthode né peut fournir de réponse précise à cette question : *quels verbes* ont ou peuvent avoir des temps seconds ?

Même abandon des principes dans la conjugaison des verbes à radical terminé par une consonne : 24 pages (p. 97-120) sont remplies de règles purement mécaniques, classées pour la plupart selon les temps et non selon les différents *caractères* des verbes. Un exposé rationnel, procédant des principes et par là même plus solide et plus instructif, pouvait se faire en dix pages.

Il est surtout indispensable que les élèves aient une idée très-nette du *changement des muettes entre elles,* qu'ils comprennent parfaitement *la nature* et *la nécessité* de ce changement et qu'ils se le rendent familier. Or le tableau présenté dès le § 5 de la Méthode-Burnouf, et la règle sèche : *toute muette précédée d'une autre muette la veut au même degré qu'elle,* sont loin de produire ce résultat duquel dépend en grande partie l'intelligence du jeu des formes grecques.

Le professeur se voit donc dans la nécessité de reconnaître que la Méthode-Burnouf pèche, soit par l'absence complète, soit par une mise en œuvre tout à fait défectueuse de plusieurs principes que sa connaissance de la langue, ses réflexions et la pratique lui avaient indiqués comme les *fondements* mêmes d'un enseignement solide et fructueux de cette première partie de la grammaire grecque. Il ne peut pas rétablir ces principes dans leurs droits oralement ou par des dictées : la disposition de la Méthode, presque toujours purement mécanique, s'y oppose absolument. Il en faudrait remanier des chapitres entiers, si on voulait la

suivre en exposant le développement naturel et la vraie filia-
tion des formes. Telle qu'elle est, elle surcharge et elle fa-
tigue la *mémoire* des élèves, en négligeant presque toutes
les occasions d'éclairer et de mettre en activité leur *esprit*.
Initiés aux principes, ils trouveraient par eux-mêmes des
centaines de formes qu'ils ne craindraient pas d'oublier, et ils
finiraient par avoir une idée de l'action et de la vie de cet
organisme compliqué. Un tel résultat, seul garant de succès
dans l'étude du grec, ne peut s'obtenir par la Méthode-
Burnouf (1).

L'étude des formes grammaticales qui révèle tant de mys-
tères au linguiste et qui supplée souvent au silence des histoi-
res primitives, ne peut être pour les commençants qu'un
moyen d'arriver promptement et sûrement à comprendre la
langue qui leur est enseignée : tout au plus saisiront-ils, dans
cette première partie de la grammaire grecque, quelques analogies utiles à connaître avec le latin et les langues vivantes.
Mais il en est tout autrement de la Syntaxe. Le premier pas
que l'élève fait dans une syntaxe autre que celle de sa langue
maternelle élargit son horizon et lui fait découvrir des formes nouvelles que les idées peuvent revêtir. Il est, désormais,
constamment obligé de distinguer entre le fond de l'idée et

(1) Ne voulant point trop étendre cette brochure ni la hérisser
de mots grecs, nous supprimons ici une vingtaine d'observations de
détail concernant des points de doctrine que le professeur dés-
approuve formellement et des procédés pratiques qui lui paraissent
vicieux. Nous tenons ces remarques à la disposition du *Journal de
l'instruction publique.*

sa forme variable : c'est là une première préparation au cours
de logique, et (ajoutons-nous pour le grec en particulier) une
introduction élémentaire à la poétique : car beaucoup de locutions et de constructions de cette langue procèdent d'une
manière toute poétique d'envisager les choses. D'ailleurs, les
deux langues anciennes sont de toutes les plus propres à
fournir aux jeunes esprits ces exercices si variés et si délicats,
cette sorte de gymnastique qui les développe et les fortifie :
renfermant les origines de notre langue, elles obéissent à des
lois de composition bien plus rigoureuses, et leur génie exige
que beaucoup de mouvements de la pensée habituellement
sous-entendus chez nous ou indiqués à peine, soient très-
nettement exprimés dans le discours. Or, ce ne sont pas les
déclinaisons et les conjugaisons, c'est la Syntaxe qui peut
réaliser les avantages qu'on se promet en faisant étudier les
langues anciennes. Elle doit donc être traitée avec un soin
particulier et de manière à intéresser les élèves, afin de les
éclairer sur toutes les particularités caractéristiques qui don-
nent à ces idiomes une physionomie si remarquable.

Ces réflexions et d'autres se pressent dans l'esprit du professeur tandis qu'il ouvre de nouveau la Méthode-Burnouf
pour prendre connaissance de la Syntaxe. Il voit d'abord :
Livre premier. Syntaxe générale, et en tête du livre second, *Syntaxe particulière*, avec l'explication que voici :
« Les principes exposés dans le premier livre sont, excepté
« deux ou trois, communs à toutes les langues. Le second
« livre contiendra les principaux faits de grammaire particu-
« liers à la langue grecque, et fera voir en quoi ils se rap-
« prochent ou s'éloignent des principes généraux. » Cette
division lui cause de la surprise ; plus il y pense, moins il se
l'explique. Il lui semble que les faits particuliers eussent été

plus utilement placés *tout à côté* et à la suite des principes généraux. Un fait particulier de la langue est-il l'application d'un principe général, ou bien en déroge-t-il pour former anomalie, dans l'un et l'autre cas il ne peut que gagner en clarté à être rapproché du principe ; placé immédiatement à côté du principe, le fait particulier ne ressort que mieux et se fixe bien plus facilement dans l'esprit de l'élève. Cet avantage immense, dans un livre d'enseignement, ne doit jamais être sacrifié à une division philosophique quelle qu'elle soit.

La Méthode-Burnouf renonce à cet avantage, en présentant deux cours *distincts :* dans le premier sont traitées « l'analyse de la proposition » et « l'union des propositions » en général ; quant à ce qui concerne spécialement la langue grecque, on n'y arrive qu'au second livre. Les graves inconvénients qu'entraîne cette division dans la pratique sont faciles à saisir. Le premier, c'est d'exiger de la part des élèves un double effort de l'intelligence ; il leur faut d'abord se pénétrer du principe, puis, plus tard, dans un temps plus ou moins éloigné, ils auront à étudier les procédés d'application ou de dérogation que le grec autorise. Le second inconvénient est le retour à la première partie que le maître doit exiger si fréquemment des élèves pendant qu'il explique la seconde ; ce retour incessant leur fait éprouver le malaise que ressent quiconque est forcé à se mouvoir continuellement *dans un cercle :* ils se persuadent qu'ils tournent au lieu d'avancer ; et cette idée s'emparant de l'esprit des jeunes gens, leur enlève tout ce qu'ils peuvent avoir de zèle et de courage. Le sentiment vif et la conscience du *progrès* est pour la jeunesse studieuse un stimulant aussi fort et plus pur que l'émulation ; c'est un des plus puissants leviers de l'éducation.

A ces réflexions générales succède chez le professeur le

spectacle de la réalité qui l'entoure. En vertu du nouveau plan d'études, ses élèves ont été exercés à *analyser* et à *unir des propositions* dans la *huitième,* dans la *septième,* dans la *sixième :* ils connaissent parfaitement (1) toutes les généralités qui font l'objet du premier livre de la Syntaxe-Burnouf. Au second semestre de la *cinquième,* ils se rassemblent attentifs autour de sa chaire pour apprendre la syntaxe de la langue *grecque :* mais la Méthode contraint le professeur à leur représenter pour la troisième fois les mêmes généralités. Quoi de plus décourageant! plus les jeunes gens sont ardents, mieux ils sont doués naturellement, plus ils doivent se sentir paralysés et dégoûtés de ces redites qui ne leur apprennent rien. De son côté, le professeur n'est pas moins tristement affecté de se voir astreint à suivre une marche que sa raison et son expérience repoussent également.

Après avoir constaté le vice de ce système entièrement inconciliable avec le nouveau plan d'études de l'Université impériale, est-il besoin de signaler les singularités de détail qui se rencontrent dans cette Syntaxe générale? par ex., l'*attraction,* particularité de la langue grecque, y est enseignée §§ 280, 286, 287, ainsi que l'usage des *corrélatifs,* § 291, tandis que l'*apposition,* commune à toutes les langues, est traitée dans la Syntaxe particulière, § 295.

(1) « Dès la classe de sixième, l'enseignement de la grammaire française est complet; celui de la grammaire latine s'avance assez pour pouvoir être achevé en cinquième; celui de la grammaire grecque commence à peine, de façon à se continuer en cinquième et à ne se terminer qu'en quatrième. » *Rapport à l'Empereur,* du 19 septembre 1853, chap. v.

L'organisation forte de la Division de grammaire, instituée par le nouveau plan d'études, a pour effet d'initier les élèves à toutes les notions générales de syntaxe et de leur rendre ces notions parfaitement familières; y revenir avec la Méthode-Burnouf ne serait, comme nous l'avons dit, que vouloir paralyser l'élan des élèves, dont l'unique besoin est de compléter leur instruction grammaticale par la connaissance de la syntaxe grecque. Préparés comme ils le sont à l'entrée du second semestre de la *cinquième*, ou du premier de la *quatrième*, il leur est nécessaire et il leur suffit d'être introduits de prime abord au *cœur* même de la syntaxe grecque. c'est-à-dire, d'apprendre directement ce que cette syntaxe a de *particulier* et de *distinctif*. Le professeur sait de reste que ces jeunes esprits sont tout prêts à recevoir cet enseignement, et il se demandera comment il doit y procéder. Sa première pensée se portera naturellement sur l'ensemble des connaissances grammaticales déjà déposées dans l'esprit des élèves par l'étude sérieuse du français et du latin, et formant un fonds assez considérable. Tout fait de syntaxe grecque qui rentre dans ce fonds est une notion déjà acquise : un seul mot d'avertissement suffira pour constater la conformité (1).

(1) Ce mot nous remet en mémoire ce que nous écrivions le 5 décembre dernier dans le Journal officiel de l'instruction publique, au sujet du *Traité de la conformité du langage français avec le grec*, de Henri Estienne ; ces idées ne seront peut-être pas déplacées ici. « On lit dans la préface de la grammaire grecque de Port-Royal (p. 21) : *Il me semble qu'une des choses qui nous arreste le plus dans l'intelligence de la langue grecque, est que nous ne nous accoutumons pas assez à en faire une comparaison immédiate avec la nostre, faisant toujours prendre un tour à nostre pensée par une explication latine. Rien n'est plus vrai. Aussi, depuis que les Institutiones, Rudimenta etc. linguæ*

Ce serait trop accorder aux faiblesses de l'habitude et de la routine que de vouloir, en présence du nouveau plan d'études, maintenir dans la syntaxe *grecque* les généralités élémentaires qui remplissent beaucoup de paragraphes de la Méthode-Burnouf. En provoquant, au contraire, la mise en œuvre et l'application au grec des notions acquises sur la syntaxe dans les cours antérieurs, le professeur accroît chez l'élève l'activité de l'esprit ; en même temps, ce qui est un avantage fort grand, le nombre des règles à apprendre se trouvera considérablement réduit. Ainsi, au moyen de cet appel aux enseignements précédents, toutes les règles du sujet, de l'attribut et de l'accord, viennent se fondre en deux pages qui mettent le commençant en état de former correctement les premières

græcæ ont fait place aux méthodes rédigées dans notre langue, on a commencé à faire remarquer et à utiliser les analogies du français avec le grec ; mais on n'est peut-être pas entré assez franchement dans cette bonne voie, indiquée et recommandée dès l'an 1655 (où parut le *Traité de la conformité*) : on continue à expliquer par le latin bien des règles qui peuvent l'être (comme dit Port-Royal) par la comparaison *immédiate* avec le français. Voyant cette puissance de l'ancienne routine, nous admirons davantage la liberté d'esprit du grand helléniste qui, dans un siècle où toute la science, et particulièrement celle de l'antiquité, était plongée dans le latin, relève le français, le place à côté du grec, et montre la ressemblance souvent frappante des deux physionomies... On a été fort long à profiter un peu de ce qui pouvait se tirer du « plaidoyer patriotique » de Henri Estienne... Parmi les rapports que le grand philologue a constatés entre les deux langues, ceux qui touchent, pour ainsi parler, l'*économie* grammaticale, sont les plus importants et de la dernière conséquence pour l'enseignement. » Cela est ensuite démontré par huit exemples d'une conformité parfaite entre les syntaxes grecque et française, exemples que Henri Estienne avait négligé de citer.

1...

phrases simples. En avançant, l'élève rencontre les *cas* dont la théorie et l'emploi diffèrent sous beaucoup de rapports de ce qu'il a vu jusque-là. C'est alors que se présente la première difficulté sérieuse ; mais les efforts qu'elle coûte sont amplement récompensés par un double avantage dont tout le prix se fait sentir en arrivant à la fin du chapitre : d'abord les notions que l'élève acquiert sont merveilleusement appropriées à étendre son intelligence, et en second lieu il éprouve la satisfaction de surprendre déjà, dans cette étude des cas, le secret de la flexibilité si renommée de la langue grecque, et celui d'une autre qualité non moins célèbre, le pittoresque de l'expression : car les principes qui régissent l'emploi des cas y sont pour une grande part. Mais, pour s'assurer ces résultats, il faut étudier, comme introduction, le *verbe* grec sous le rapport des différentes *significations* des trois voix : le régime direct ou indirect se rattachant à ces significations, il faut en connaître et distinguer les diverses natures si l'on veut se faire une idée juste et complète du rôle des cas. Le verbe qui est, pour ainsi dire, le centre grammatical de la phrase, gouverne aussi ou reçoit comme compléments l'infinitif et le participe : dès lors, ce qui concerne ces deux modes, lorsqu'ils figurent ainsi dans le discours, se rattache aux notions concernant les cas et en forme la suite naturelle. Dans cet ordre, tous les éléments de la *proposition simple* trouvent leur analyse. Les propositions *relatives* forment un genre intermédiaire entre les propositions simples et les propositions composées. Les phénomènes de *l'attraction* s'y rattachent

Par une étude ainsi dirigée, les élèves seront familiarisés avec tous les accidents de la proposition simple, et en état d'aborder la proposition composée, dans laquelle se manifeste

principalement la pénétration et la délicatesse du génie grec.
Les particules et les conjonctions, indiquant les diverses rela-
tions que les Grecs ont établies et qu'ils expriment entre
deux ou plusieurs propositions simples, doivent être exposées
ici ; ensuite viendra l'explication de la nuance *précise* de
chaque temps et de chaque mode du verbe grec. Là est le fon-
dement de cette partie de la syntaxe : cette base bien assise,
on peut aller aussi loin qu'on voudra dans l'explication des
nuances fines qu'offre par exemple l'emploi du subjonctif,
de l'optatif, ou celui des participes : on sera toujours compris.

Telle est à peu près l'esquisse que le professeur s'était
faite d'une syntaxe grecque qui, en se rattachant aux connaissances déjà acquises par les élèves, développerait progres-
sivement l'action organique de chaque partie du discours.
Mais il est chargé de l'application de la Méthode-Burnouf ;
c'est à elle qu'il doit se préparer. Nous communiquerons ici
les remarques que lui a fait faire la lecture de la *Syntaxe
particulière*.

> *Verbe à un autre nombre que le sujet* (§ 293). — Dès
> la troisième ligne sont cités plusieurs cas tout à fait
> isolés ou extrêmement rares. Des exemples de cette
> espèce ne doivent être présentés qu'aux élèves déjà
> raffermis dans la connaissance de ce qui est *généra-
> lement* usité.

> *Adjectif à un autre genre que le substantif* (§ 294). —
> Le numéro II regarde la déclinaison et nullement la
> syntaxe. — Ici se trouve intercalé, on ne sait trop com-
> ment, un paragraphe sur l'*Apposition* (§ 295) qui inter-
> rompt la suite des règles sur l'Adjectif. Le paragraphe
> suivant traite de l'*Adjectif tenant lieu d'adverbe*.

Adjectif attribut d'un infinitif (§ 297). — Au numéro II
l'infinitif est *complément* de l'adjectif; l'exemple cité
n'a *grammaticalement* rien de commun avec celui
du numéro I.

Adjectif à un autre cas que le substantif (§ 298). — Le
numéro III de ce paragraphe et le numéro I du § 294
signalent deux petites particularités de l'emploi si
étendu du genre *neutre*. Nous ne possédons pas en
français cette forme grammaticale qui joue un rôle
considérable dans la langue grecque, plus considérable qu'en latin. Il était donc de toute nécessité de
faire voir dans son ensemble le grand développement
que le neutre a pris dans le discours grec et d'expliquer les nuances qu'il permet d'y introduire. On ne
trouve rien de cela dans la Méthode-Burnouf.

Du comparatif et du superlatif (§ 300). — Chapitre mis
à la suite du seul genre d'adjectifs qui n'ait ni comparatif ni superlatif, les *Adjectifs verbaux en* τέος
(§ 299). Ici se remarque l'absence de la règle im-
portante du *double* comparatif lorsqu'il y a comparaison, non pas des objets entre eux, mais de leurs
qualités entre elles : car on dit en grec comme en
latin, *Pyrrhus* BELLICOSIOR *erat quam* CONSTANTIOR,
Pyrrhus était plus belliqueux que persévérant. Une
telle omission est très-regrettable.

De l'article (§ 306-324). — Malgré le grand nombre de
paragraphes, ce chapitre est un des plus insuffisants
et des plus défectueux de la Méthode-Burnouf. Elle
ne dit pas (§ 307) dans quelles conditions les noms

propres doivent se trouver pour être accompagnés de
l'article; elle n'explique pas non plus *la nature et le
caractère* des noms devant lesquels l'article, de rigueur chez nous, est omis chez les Grecs. Les règles
qui déterminent la place que l'article doit occuper
quand les noms sont accompagnés d'attributs (§ 313-
14) sont embrouillées et tout à fait insuffisantes. Ce
point fort délicat devait être exposé avec une grande
lucidité : car on voit des compositions grecques, en
général assez bonnes, pècher fréquemment contre
la syntaxe de l'article. Au § 310, *Ellipses avec l'article*, se trouve encore une petite parcelle déta-
chée de l'emploi du neutre qui aurait dû être traité
dans son ensemble. Ici le neutre est expliqué par
l'ellipse de πρᾶγμα ou πράγματα, ce qui dénature
entièrement le sens de cette forme grammaticale. Aux
paragraphes suivants (§ 311-12), nouvel abus de
l'ellipse, pour rendre compte d'une particularité ca-
ractérique et fort avantageuse de la syntaxe grecque.

Usages particuliers des cas. — Le plus souvent, dans le
discours, les cas dépendent du *verbe* dont il n'a pas
encore été parlé dans cette Syntaxe particulière. Il
faut, pour cela, recourir au § 267 de la Syntaxe générale : mais là on ne trouve que les notions les plus
communes, et certaines particularités de signification
qui influent sur l'emploi des cas, restent inexpli-
quées.

Du génitif (§ 325). — Est-il sage de commencer par le
cas dont l'usage est, de beaucoup, le plus compliqué

et le plus difficile à apprendre? Il est même impossible de bien définir certains emplois du génitif remplaçant, dans un but déterminé, l'accusatif et le datif, sans avoir préalablement traité de ces deux cas qui, d'ailleurs, forment le régime direct ou indirect du plus grand nombre des verbes. Voici le début de ce chapitre :

§ 323. *Nous avons vu, § 264, que le génitif met en rapport deux noms substantifs, comme en français la préposition DE. En cela il ressemble au génitif latin.*

Mais il en diffère en ce que le génitif latin ne sert jamais de complément aux prépositions, au lieu que le génitif grec leur en sert très-souvent.

Il y a une infinité d'exemples où le génitif est régi soit par un nom, soit par une préposition sous-entendue. — On le voit, pas un mot pour définir la nature toute particulière de ce cas grec ! Le maître voudrait remplir cette lacune et donner à ses élèves la définition omise, que la Méthode le forcerait aussitôt de s'arrêter : car elle introduit, dès la dernière ligne citée, les ELLIPSES ! Ce *deus ex machina* grammatical tranche toutes les difficultés : à quoi bon chercher laborieusement des solutions? En présence de ce ressort universel on serait mal venu de parler de principe, de conséquence, d'application : l'ellipse explique tout d'un seul mot. Voici le titre des trois paragraphes suivants :

I. *Ellipse d'*ἔργον, *chose, ouvrage* (326).
II. *Ellipse de* μέρος, *partie* (327).

Génitif régi par une préposition sous-entendue (328).

— Où ne peut-on pas mettre le mot *chose* ou le mot *partie* ou une *préposition*? Ces trois espèces d'ellipses doivent donc donner la clef d'un nombre prodigieux de locutions. Mais l'un ou l'autre des élèves pourrait bien s'aviser d'adresser au maître la question que voici : « Peut-on *toujours* omettre ces substantifs et ces prépositions? » Le maître répondra que non. L'élève reprendra : « Alors *quand* faut-il les mettre? et *quand* peut-on s'en passer? » Ce ne sera pas la Méthode-Burnouf qui fournira la réponse ; quant à elle, elle laissera le maître dans l'embarras. Comment en effet résoudrait-elle des questions de cette espèce, quelque naturelles qu'elles soient? Elle opère sur la langue comme sur un cadavre, et n'y fait voir que les formes d'un corps matériel et inerte, nulle part l'âme, la source du mouvement et de la vie.

Génitif avec les verbes (§ 328). — Il est impossible de donner la clarté et la netteté suffisantes à l'explication du génitif complément des verbes, si on n'a pas traité auparavant des verbes gouvernant l'accusatif. — Au numéro V se lisent ces mots : « *On construit encore avec le génitif un grand nombre de verbes que l'usage apprendra,* » mots qu'un grammairien ne devrait jamais écrire.

Génitif avec les adjectifs (§ 329). — Ἔμπειρός τινος est expliqué par ἔχων ἐμπειρίαν τινός, etc. Cette explication autorise à dire ἔνδοξός τινος pour ἔχων δόξαν τινός, comme on dit ἐγκρατής τινος : mais le premier est faux, le second est correct : pourquoi?

Génitif avec les adverbes (§ 330). — Au numéro 11 deux nuances *entièrement différentes* du génitif accompagnant les adverbes ont été confondues.

Remarques sur le génitif possessif (§ 331). — Ce paragraphe expose du moins *un* côté de l'idée fondamentale du génitif grec ; il devait, pour cette cause, être placé au commencement et non pas à la fin du chapitre consacré à ce cas.

Du datif (§ 332). Le peu de méthode mis dans l'explication des emplois de ce cas se trahit à la première vue. L'auteur commence par dire : « *Le datif se joint* PAR SA FORCE NATURELLE *aux verbes actifs comme complément indirect.* » Le lecteur recourt à la Syntaxe générale, où il trouve, § 265 : « *Le datif exprime le même rapport que fait en français la préposition* A. » Évidemment, cela ne suffit pas pour faire connaître la *force naturelle* du datif grec. Aussi apprenons-nous PLUS TARD, au § 337, que le datif exprime, plus généralement, « *tendance, direction, rapport,* » et tout à la fin du § 338 se lit une *remarque* ainsi conçue : « Nous avons indiqué les « prépositions que l'on a coutume de sous-entendre « avec le datif ; mais en réalité ce cas désigne seul « et par sa propre force *l'instrument, la manière,* « *la cause, le temps précis, et le lieu où l'on est.* » Pourquoi enseigner la *coutume* si vous savez qu'elle est erronée et contraire à la *réalité* ? C'est ce coupable laisser-aller qui fait la force et éternise la durée d'une vieille routine, appelée quelquefois « les bonnes traditions. »

Datif avec les verbes (§ 333). — Il y est dit que le datif se joint à tels ou tels verbes « *et à beaucoup d'autres que l'usage apprendra !* » L'usage apprendra même, à la longue, la grammaire *tout entière.*

Datif avec les noms substantifs (§ 334), *avec les adjectifs* (335), *avec les adverbes* (336). — *Datif considéré en général comme exprimant un rapport à une personne ou à une chose* (§ 337). — Nous avons déjà cité le commencement de ce paragraphe qui aurait dû figurer à la tête du chapitre. — Au numéro III, une faute d'écriture qui introduit un solécisme dans un vers d'Homère, ἂν à la place de εἰ, n'a pas encore disparu dans la cinquante-troisième édition. — Au numéro IV le vers si souvent cité,

Prends-*moi* le bon parti, laisse là tous les livres,

est mis en parallèle de ce vers d'Horace :

Qui metuens vivit, liber *mihi* non erit unquam ;

mais, dans ce dernier, *mihi* a un tout autre sens que *moi*. *Mihi* veut dire « à mes yeux, selon moi, *me judice,* » comme l'explique Jean-Bond.

Datif grec dans le sens de l'ablatif latin (§ 358). — Il n'est pas sans danger de trop rappeler l'ablatif latin, en traitant du datif grec : le premier se prête fréquemment à l'idée de *séparation* qui est tout à fait étrangère et même contraire au sens du second. — Nous avons vu plus haut la correction

infligée à l'exposé que contient ce paragraphe par les
quatre lignes qui le terminent.

De l'accusatif. Accusatif avec les verbes transitifs
(§ 340). — Encore une simple particularité, et non
l'idée générale de ce cas, idée qui devrait figurer à la
tête du chapitre. Le commençant ne comprendrait-il
pas ceci : « L'accusatif marque mouvement ; il désigne le but vers lequel le mouvement se dirige. »
Tous les emplois de l'accusatif se déduisent facilement et avec ordre de cette définition. Guidé par cet
enseignement raisonné, jamais l'élève ne sera exposé
à mal appliquer ce cas, à le mettre, par exemple,
après une préposition qui ne le régit point ; tandis que
tout ce chapitre de la Méthode-Burnouf, religieuse-
ment appris par cœur, ne lui apprendra pas le régime nécessaire d'une seule préposition.

Objet indirect des verbes transitifs, à l'accusatif (§ 341).
— Cette règle se comprend beaucoup mieux si on
l'explique *après* le double accusatif, traité au paragraphe suivant.

Double accusatif (§ 342). — Il y est dit : « *De ces deux
accusatifs, l'un est régi par le verbe ; pour expliquer l'autre, on suppose l'ellipse de* εἰς, πρός,
κατά, περί. » On ajoute en note : « Ce procédé arti-
ficiel d'explication laisse à désirer une analyse plus
logique ; la voici. » Nouvel exemple de cette crainte
étrange de toucher aux « bonnes traditions : » un
artifice, une *supposition* trône dans le texte ; l'*ana-*

lyse plus logique se cache timidement dans la note.

— Il serait d'une bonne méthode d'ajouter à la règle du double accusatif, *docet me artem*, que l'accusatif de la chose est conservé si le verbe devient passif, *doceor artem*. Ces deux règles se tiennent étroitement ou plutôt n'en font qu'une seule. M. Burnouf les a séparées dans ses deux Méthodes, et il faut chercher διδάσκομαι τὴν τέχνην, dans le chapitre *du verbe passif*, § 348. La réunion eût donné occasion de signaler entre les verbes suivis de deux accusatifs une distinction très-importante et qui manque totalement dans la Méthode-Burnouf.

Accusatif avec les verbes intransitifs (§ 343). — « I. *On joint quelquefois aux verbes neutres, comme régime direct, un accusatif dont la signification est analogue à celle du verbe lui-même.* » (Suit un exemple.) « *Souvent le nom à l'accusatif est tiré du verbe même :* κινδυνεύειν κίνδυνον. » Cette dernière façon de parler est précisément la forme normale, et il aurait fallu commencer par l'exposition de ce fait de syntaxe au lieu de la glisser subsidiairement à la faveur du mot « *souvent.* »

Accusatif avec les adjectifs (§ 344). — Il eût été bon de dire en quoi l'usage de l'accusatif se distingue de l'emploi du datif qui se met avec *les mêmes* adjectifs.

Nom de temps et de distance à l'accusatif (§ 345). — Ce paragraphe consiste en quatre phrases grecques traduites en français : il n'y a pas un seul mot d'explication. Cependant les noms de temps et de distance se mettent également au génitif et au datif. *Quand faut-il employer chacun de ces trois cas?* La Méthode-Burnouf dit seulement que le datif indique le temps *précis* (§ 338) : elle ne dit rien sur le génitif ni sur l'accusatif.

Accusatif avec ellipse d'un verbe (§ 346). — Voilà une ellipse réelle.

Les paragraphes suivants (347-370) sont consacrés au verbe. Nous voyons par les observations du professeur que la précision et l'ordre manquent également dans cette partie de la Méthode-Burnouf. Il serait inutile de le suivre, comme nous l'avons fait jusqu'ici, paragraphe par paragraphe. Contentons-nous de reproduire les réflexions que lui a inspirées la manière dont quatre points *principaux* ont été traités.

Il est vrai de dire que, plus on avance dans la syntaxe grecque, plus les problèmes deviennent compliqués : c'est un domaine presque aussi infini que celui de la nature. Un enseignement bien dirigé doit donc prendre pour but d'exposer les trois éléments des propositions composées : les *temps*, les *modes* et les *conjonctions*, de manière à offrir à l'esprit de l'élève un cadre à la fois assez précis et assez large, pour lui permettre d'y ranger, chacun à sa place, tous les faits de syntaxe particuliers, tant ceux que le maître fera remarquer que ceux que fournira plus tard la lecture des auteurs. On ne peut enseigner élémentairement toute la langue grecque; mais l'élève peut emporter du collège, et même de la Division de grammaire, tout l'ensemble des principes essentiels de la syntaxe grecque, si elle est traitée avec intelligence.

Mais voyons les quatre remarques, extraites des observations nombreuses du professeur.

1. Les modes de l'aoriste, excepté l'indicatif et le participe, peuvent être rattachés au présent du verbe, ou mis avec la signification du présent. Dans quels cas cela se fait-il? Lorsque l'action qu'on exprime est considérée comme momentanée, comme passagère ou comme isolée; ou bien comme ayant lieu dans un moment qui n'est pas le moment actuel; par exemple dans les mots : *je crains qu'il ne m'échappe*, l'action d'échapper ne coïncide point avec le moment actuel où je conçois ou j'exprime cette crainte : il faut donc l'aoriste du subjonctif, et non le présent. Si je dis : *je vous ordonne de sortir*, ou : *sortez*, je dois mettre l'aoriste en grec; mais le présent de l'infinitif et de l'impératif est de rigueur dans les phrases : *je vous exhorte à vivre sagement*, et : *Honorez père et mère*. Ainsi λέξον signifie : *dites;* λέγε, *parlez, prenez la parole*. Voilà le plus essentiel de ce qui concerne les modes de l'aoriste.

Écoutons maintenant la Méthode-Burnouf. A la fin de la section intitulée *Valeur des temps* on lit (nous supprimons seulement les phrases grecques citées comme exemples) :

DES TEMPS CONSIDÉRÉS DANS LES AUTRES MODES QUE L'INDICATIF.

§ 361. *Ce que nous venons de dire des temps s'applique particulièrement à l'indicatif. Leur valeur s'observe encore d'une manière assez précise au participe.*

*L'aoriste et le parfait se confondent pourtant quelque-
fois.*

TEMPS DE L'IMPÉRATIF ET DE L'INFINITIF.

§ 362. *Le présent et l'aoriste s'emploient souvent l'un
pour l'autre à l'impératif et à l'infinitif.*

*On trouve quelquefois dans la même phrase l'un et l'au-
tre temps.*

TEMPS DU SUBJONCTIF ET DE L'OPTATIF.

§ 363. 1. *Le temps qu'expriment ces modes est le plus
souvent déterminé par celui de la proposition principale.
Aussi l'aoriste du subjonctif se met bien dans des phrases
où en latin on mettrait le présent :* οὐκ οἶδα ὅποι τράπω-
μαι, *nescio quo me vertam ; et celui de l'optatif dans les
phrases où l'on mettrait l'imparfait :* οὐκ ᾔδειν ὅποι τραποί-
μην, *nesciebam quo me verterem.*

2. *L'aoriste du subjonctif, après les conjonctions composées de* ἄν, *indique ordinairement un futur antérieur.*

Une idée nette peut-elle sortir d'un exposé aussi vague et
dépourvu de toute méthode ?

2. Au § 365, *du Subjonctif et de l'Optatif,* on dit que
« le subjonctif se lie avec les temps principaux de l'indicatif ;
l'optatif se lie avec les temps secondaires. » Il y a cependant
des cas *déterminés* où les temps principaux peuvent être suivis de l'optatif, et les temps secondaires, du subjonctif. Ces
cas se présentent très-fréquemment dans les auteurs grecs.

L'insuffisance de la Méthode-Burnouf, qui ne mentionne aucun de ces cas, fournira aux élèves de très-bonnes raisons pour justifier les solécismes qu'ils auront faits dans leurs thèmes : « J'ai trouvé cela dans Demosthène, dans Platon, » etc.

3. La particule ἄν donne à la langue grecque un mode de plus que la conjugaison n'en représente, et qui répond, en général, à notre *conditionnel*. Aussi M. Burnouf a-t-il intitulé le § 366, où il en traite : *du Conditionnel*. Mais ce point de vue l'a engagé à ne parler que d'ἄν avec l'indicatif (1) et avec l'optatif, en laissant de côté ἄν *avec le subjonctif*. Cette dernière construction est cependant la seule ressource que les Grecs aient pour exprimer distinctement l'idée du suffixe latin *cunque* et de notre *quiconque, quelconque*, etc. Pour cette raison elle se recommandait doublement à l'attention du grammairien, qui ne l'en a pas moins omise dans le corps de la Syntaxe. On lit seulement dans l'appendice sur les *Idiotismes*, § 385 : « *Nous avons vu*, § 366, *l'emploi de* « *l'adverbe* ἄν *avec l'indicatif et l'optatif. Il se joint aussi* « *très-souvent au subjonctif, et cela pour ajouter au verbe* « *l'idée de supposition, de simple possibilité :* πᾶν ὅ τι ἄν « μέλλῃς λέγειν, πρότερον ἐπισκόπει τῇ γνώμῃ, Isoc. : *quelque* « *chose que vous ayez à dire, réfléchissez-y bien auparavant.* » Le rapport avec *cunque* ou *conque* n'est pas indiqué.

(1) Au numéro I de ce paragraphe, une omission des plus fâcheuses s'est maintenue dans cinquante-trois éditions. « *Les Grecs emploient* l'indicatif, *quand celui qui parle regarde la chose comme impossible, ou comme n'ayant pas eu lieu.* » Il fallait : *l'indicatif* DES TEMPS SECONDAIRES. Pour les temps *principaux* la règle n'aurait pas de sens.

Cette grave omission n'est pas la seule critique que soulèvent ces deux paragraphes (366 et 385). Loin de là : mais il faudrait trois pages hérissées de phrases grecques pour reproduire toutes les observations qu'ils ont suggérées à notre professeur.

4. Le participe joue deux rôles distincts dans la syntaxe grecque : il se lie avec certains verbes comme complément ; il représente une proposition secondaire rattachée à la proposition principale autrement que par les conjonctions. La Méthode-Burnouf parle de la première fonction au § 369, mais, par une inconséquence des plus singulières, elle se prive du meilleur moyen de mettre en relief « cet usage très-remarquable, » comme elle en juge elle-même. Il y a corrélation entre l'infinitif-complément et le participe-complément, de telle sorte que plusieurs verbes prennent les deux compléments, tantôt l'un, tantôt l'autre. Or, tout ce qui concerne l'infinitif *grec*, considéré comme complément, a été dit dans la *Syntaxe générale*, § 279 et suivants, et M. Burnouf y renvoie l'élève au § 368. Au § 369, qui traite du participe-complément, se voit une disposition toute conforme, *même typographiquement*, à celle des §§ 280 et 281, consacrés à l'infinitif-complément. Des usages dont l'analogie mutuelle est si manifeste, si palpable, ne devaient-ils pas être plutôt *juxtaposés* que séparés entre eux par cinquante pages de distance?

La deuxième fonction du participe est encore moins éclaircie. Le principe qui devait figurer en tête se cache au numéro IV, où il n'est énoncé que pour l'*accusatif absolu*, quoiqu'il s'étende à *tous* les cas du participe : « IV. *On « trouve à l'accusatif un grand nombre de participes neu- « tres qui équivalent à une proposition entière précédée*

« *des conjonctions* comme, puisque, quoique, tandis que,
« *etc.* (1) » Au lieu de tirer de ce fait les conséquences qui
en découlent pour déterminer le rôle du participe dans le discours, et expliquer ce rôle, la Méthode ne parle que des *cas
absolus*. Ici encore les ellipses, « *les prépositions sous-en-
tendues*, » arrivent à-propos, et cette magie dissipe promte-
ment tout le mystère qui entoure ces cas, non pas toutefois
sans une timide protestation du maître, qui dit en note : « *On
les expliquerait plus logiquement en disant que* » etc. L'explication *vraiment logique* sera difficilement donnée par la
Méthode-Burnouf, qui ne connaît point le *génitif du temps :*
relisez plutôt les §§ 325-331.

———

Nous n'avons fait imprimer qu'une partie des observations critiques qu'un examen préalable de la Méthode-Burnouf a suggérées au professeur chargé, comme nous supposons, de l'expérimenter. Ces remarques, choisies dans un
grand nombre, ne font-elles pas reconnaître dans ce livre
l'absence des solides qualités de l'esprit français : bon sens
éminent, clarté et netteté du jugement, suite rigoureuse des
idées, enfin ce sens pratique que les profonds penseurs d'ou-
tre-Rhin nous envient ? Nous apprécions autant que qui ce
soit l'érudition consciencieuse de M. Burnouf, mais nous dé-

(1) A propos de ces lignes, nous avons besoin de déclarer que
rien n'y a été supprimé. La circonstance dans laquelle le **cas absolu**
doit être l'accusatif, et non le génitif (*verbe impersonnel* ou
locution neutre et abstraite), n'est indiquée ni ici ni ailleurs **dans**
la Méthode-Burnouf.

clarons hautement que l'esprit français ne respire pas dans
sa Méthode grecque. L'esprit français sait se rendre maître
des matériaux de la science, les disposer dans un ordre lu-
mineux et en tirer les résultats vraiment instructifs. Combien
de matières compliquées ou abstraites sont aujourd'hui com-
prises de tous, grâce aux plumes françaises? Est-il une seule
branche du savoir à laquelle un Français ait touché sérieu-
sement, qui n'ait aussitôt gagné en clarté et ne soit par là
devenue la propriété d'un plus grand nombre d'hommes? Les
pages qui précèdent feront juger si la Méthode en question
laisse espérer de semblables effets, et si nous ne sommes
pas autorisé à dire : *Cette méthode n'est point une œuvre de
l'esprit français*. Voilà le mot qui explique ces répugnances
instinctives qui nous ont été confiées ou avouées, depuis vingt-
cinq ans, par des centaines de maîtres et d'élèves de l'Université. Aujourd'hui, qu'en vertu du nouveau règlement le
résultat constaté d'une expérience détermine le sort d'un
livre classique, nous ne saurions mieux faire que de porter à
la connaissance du Conseil impérial de l'instruction publique
le résultat de l'expérience à laquelle la Méthode-Burnouf a
été soumise pendant plus de quarante ans.

Lorsque, en 1822, Lemaire fut chargé de publier une grande
collection annotée des auteurs latins, il trouva parmi les
élèves de Lhomond tous les hommes nécessaires pour l'aider
à conduire en peu d'années cette immense entreprise à bonne
fin. Il en fut de même de MM. Panckoucke et Nisard, qui pu-
blièrent des collections latines-françaises également vastes.
Mais, lorsqu'en 1836 M. Ambroise-Firmin Didot commença
la *Bibliothèque des auteurs grecs*, les élèves de M. Burnouf
lui firent défaut, et je puis certifier du très-grand regret avec
lequel il se vit obligé de faire appel aux philologues étrangers.

A ce fait patent, je demande la permission d'ajouter une expérience personnelle. Après avoir enseigné dans les quatre classes du grand gymnase de Gotha, qui avait à cette époque trois cents élèves, je vins en France à la fin de l'an 1831. Chez M. de Sinner, j'eus très-souvent occasion de m'entretenir avec de jeunes collégiens, et je fus presque toujours étonné du développement précoce et de la netteté de leur jugement. En général, je leur trouvais à onze et douze ans la même maturité de l'intelligence qu'à mes anciens élèves de treize et quatorze ans. Une jeunesse si bien douée de la nature n'apprendrait-elle pas le grec au moins aussi bien que la jeunesse allemande, si la Méthode qu'elle doit suivre était appropriée aux besoins de son esprit ?

Nous comprenons parfaitement que le Conseil impérial de l'instruction publique, composé comme il l'est des hommes les plus élevés dans les lettres, dans les sciences et dans l'administration, ne peut pas descendre à l'examen ou à la révision de tel ou tel livre de classe ; aussi n'était-ce que sur une déclaration expresse, insérée dans le Journal officiel, que nous avons fait remonter jusqu'à lui la responsabilité des textes récemment prescrits. La Méthode grecque, objet de la présente relation, n'exige, de sa part, aucun examen ; mais deux *faits* que nous avons constatés ne peuvent le laisser indifférent et doivent éveiller toute sa sollicitude. Les voici :

1. Cette Méthode, portée sur les programmes de l'enseignement des Lycées, ne s'adapte point au nouveau plan d'études de l'Université impériale, plan suivi dans ces lycées et expliqué par M. le ministre dans la circulaire intitulée :

Instruction générale sur l'exécution du plan d'études des lycées impériaux.

11. L'expérience, aujourd'hui arbitre suprême de l'admissibilité des livres classiques, s'est déclarée *contre* cette Méthode, dont l'usage prolongé dans les écoles a produit un résultat défavorable même à l'honneur littéraire de notre pays.

La sagesse du Conseil impérial appréciera ces faits et avisera.

F. DÜBNER.

PARIS. — TYP. SIMON RAÇON ET COMP., RUE D'ERFURTH, 1.

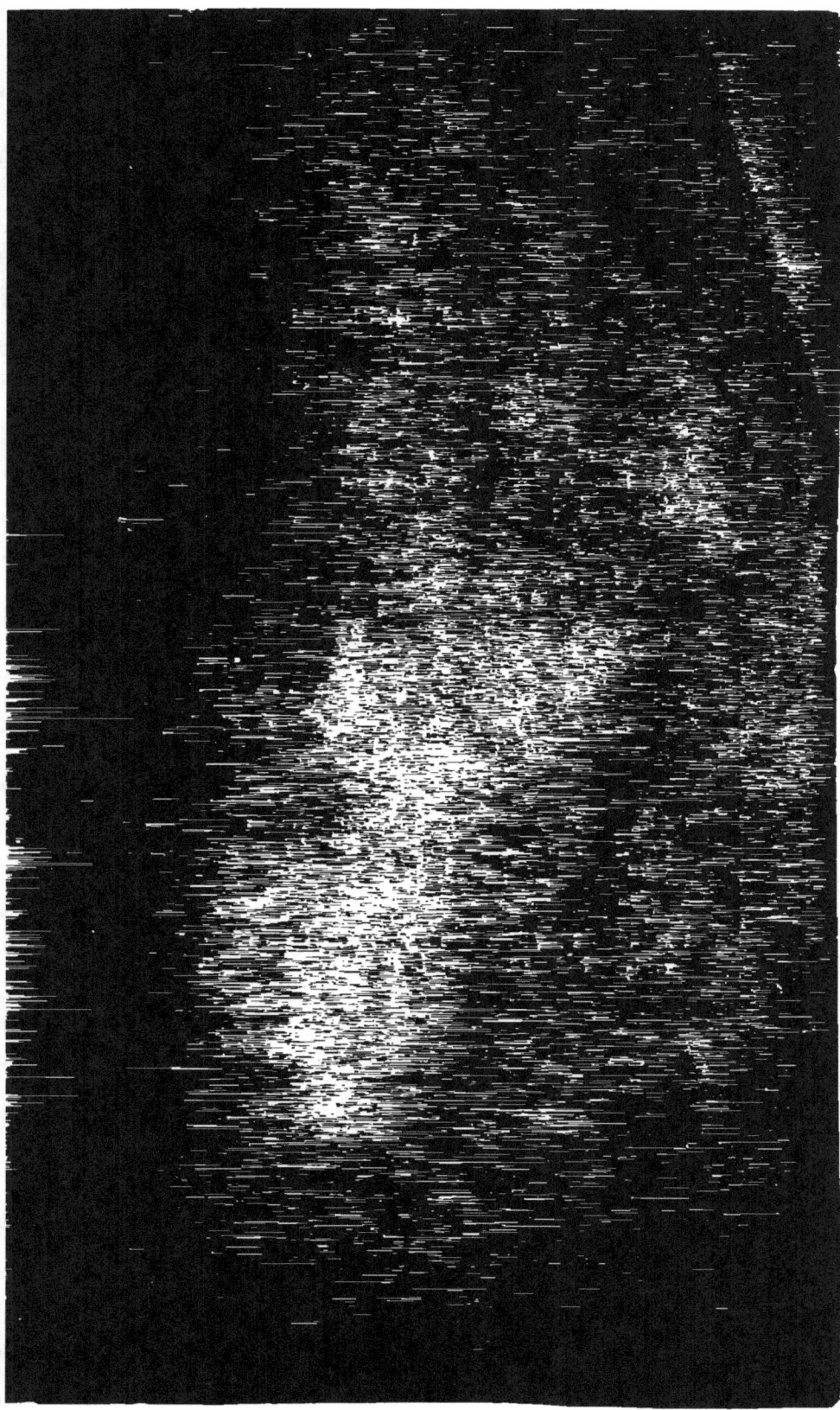

www.ingramcontent.com/pod-product-compliance
Lightning Source LLC
Chambersburg PA
CBHW060852180626
46818CB00004B/1670